NOTICE HISTORIQUE

SUR LA VIE ET LES TRAVAUX

DE

M. HENRI MARTIN

PAR

M. JULES SIMON

SECRÉTAIRE PERPÉTUEL

DE L'ACADÉMIE DES SCIENCES MORALES ET POLITIQUES

Lue dans la séance publique annuelle de l'Académie des sciences morales
et politiques du 1er décembre 1888.

PARIS

TYPOGRAPHIE DE FIRMIN-DIDOT ET Cⁱᵉ

IMPRIMEURS DE L'INSTITUT DE FRANCE, RUE JACOB, 56

—

M DCCC LXXXVIII

NOTICE HISTORIQUE

SUR LA VIE ET LES TRAVAUX

DE

M. HENRI MARTIN

PAR

M. JULES SIMON

SECRÉTAIRE PERPÉTUEL

DE L'ACADÉMIE DES SCIENCES MORALES ET POLITIQUES

Lue dans la séance publique annuelle de l'Académie des sciences morales
et politiques du samedi 1er décembre 1888.

MESSIEURS,

Henri Martin est né à Saint-Quentin, le 20 février 1810.
Saint-Quentin n'est qu'une vaste fabrique ; c'est une ville
triste et affairée, dont la sévérité est un peu adoucie par
un bel hôtel de ville et par le musée Latour, tout plein
d'élégantes merveilles. Le père de Henri Martin y exerçait
les fonctions de juge d'instruction. C'était un homme d'une
piété étroite, qui imposait à ses domestiques, et à plus
forte raison à ses enfants, la pratique de tous les devoirs
religieux. La mère de Henri Martin, plus tendre et plus

indulgente, poussait la dévotion jusqu'au mysticisme. Elle était de cette famille des Desains à laquelle l'Université doit deux savants célèbres qui étaient, vous vous en souvenez, des catholiques fervents. Il avait une sœur, qui est restée fidèle aux doctrines et aux pratiques de la maison paternelle. Le seul habitué de la maison était « l'oncle Desains », un notaire retiré, qui, ayant beaucoup de lecture et beaucoup de livres, passait pour le voltairien de la famille : un voltairien bien modéré sans doute, puisqu'il se plaisait au milieu de ces dévotes personnes, et qu'il y était aimé. Il était fier des succès de son neveu, et dans son enthousiasme pour ses jeunes talents, il avait résolu d'en faire un notaire.

Cette maison de la rue, ou plutôt de la ruelle des Canonniers, était bien la plus triste du monde. Henri y serait mort d'ennui sans les livres de son oncle. Cette bibliothèque du vieux notaire était riche en livres d'histoire et en écrits philosophiques du XVIIIᵉ siècle. Le jeune homme y puisait une science précoce et des doutes qu'il ne pouvait ni apaiser ni cacher. Comme il n'y avait pas, à Saint-Quentin, de petit séminaire, il avait bien fallu le mettre au collège : un collège de la Restauration, c'était fort rassurant, en ce qui concernait les maîtres ; mais les élèves n'étaient ni triés, ni surveillés comme dans une maison religieuse. Les plus grands avaient lu Voltaire ou s'imaginaient qu'ils l'avaient lu. Henri Martin y trouva Félix Davin, qui avait trois ou quatre ans de plus que lui, et qui devint son ami intime. C'était ce que l'on appelait alors un libéral, ce qui voulait dire qu'il regrettait l'Empereur, et qu'il n'aimait pas les Jésuites. Les deux amis faisaient,

chaque soir, en sortant du collège, de longues prome-
nades, où Martin se dédommageait des sermons de son
professeur et des homélies de son père. Ils étaient de tout
cœur avec les brigands de la Loire, qu'on anathématisait
rue des Canonniers. Ils rêvaient une revanche contre les
Cosaques, et surtout une revanche contre les Jésuites.
A leurs projets pour l'avenir de la France, ils mêlaient
naturellement des projets pour leur propre avenir. Davin
n'avait à lutter que contre les difficultés ordinaires de la
vie; mais Martin trouvait devant lui, pour premier obstacle,
l'autorité et la tendresse de sa famille. Il voulait être poète;
on s'obstinait à le vouloir notaire. Il était libéral; mais
le vieux juge et même le vieux notaire, tout voltairien
qu'il croyait être, avaient les libéraux et les esprits forts
en horreur. Davin et Martin, pour ne pas perdre de temps,
avaient commencé un roman dont ils discutaient fiévreu-
sement les péripéties. Ils arrivaient à leur rendez-vous
ayant chacun en poche un nouveau chapitre, toujours
accueilli par une franche et cordiale admiration. Cette
admiration ne serait-elle jamais partagée par le grand
public? Faudrait-il passer sa vie parmi des congréganistes
et des royalistes? Et enfin, ajoutait le pauvre Martin, faudrait-il se résigner à être notaire? N'espérant pas en venir
à leurs fins par la persuasion, ils eurent recours à un coup
d'État. Ils partirent clandestinement de Saint-Quentin, et
se trouvèrent, un beau matin, sur le pavé de Paris, avec
leur roman et leurs illusions. Henri Martin, qui commençait la vie par un énorme coup de tête, n'avait jamais osé
parler de ses projets « et de ses travaux » à son père.
C'était une volonté ferme et un cœur timide.

Rappelez-vous notre ami, tel que nous l'avons connu, avec cette gaucherie qui n'était pas sans charme, et ces hésitations du commencement, quand il avait un parti à prendre, ou même une discussion à entamer. Il commençait toujours par une bataille contre lui-même ; il la gagnait toujours ; et une fois parti, il allait jusqu'au bout avec résolution et fermeté. Il s'était jeté dans tous les inextricables embarras d'un jeune homme pauvre, qui veut réussir par sa plume, à vivre d'abord, et à s'illustrer ensuite. Il n'y a pas d'enfer comparable à celui-là, et son caractère, son ignorance du monde, sa gaucherie native le rendaient plus abominable pour lui que pour tout autre. Mais ayant choisi cet état, il se contraignit à en remplir toutes les obligations, à visiter les hommes célèbres et les éditeurs, à souffrir les rebuffades sans bassesse, à subir les dédains sans découragement, à revenir à la charge après plusieurs défaites, et à travailler sans relâche au milieu de tous ces ennuis. Nous qui voyons à présent les productions de ces premières années, nous savons qu'il travaillait beaucoup, et avec une rapidité merveilleuse, sans s'élever alors au-dessus d'une honnête médiocrité. Il n'y avait rien dans ces romans, dans ces scènes historiques, dans ces pièces de théâtre, dans ces poésies, qui pût attirer sur lui l'attention d'un juge éclairé. Davin ne valait pas mieux ; il était même d'un degré au-dessous. Ils parvinrent cependant à vivre. Pour ceux qui connaissent les difficultés du métier et les conditions dans lesquelles ils l'abordaient, c'est presque un miracle.

Il faut dire toutefois que la rupture de Henri Martin et de sa famille n'était pas complète. Son père lui faisait une pension de cent francs par mois. Il y mettait une condition; une dure condition. Le poète s'était résigné à être clerc de notaire. Le poète! Était-ce un poète? Non pas, à en juger par les vers qu'il faisait alors, et par ceux qu'il fit quarante ans plus tard. Résigné? Il l'était si peu que son patron finit par le mettre à la porte.

Brouillé avec sa famille et avec le notariat, il ne tenait plus à la vie que par le fameux roman écrit en collaboration avec Davin. Ils avaient trouvé un éditeur! Ils durent ce succès, le plus difficile de tous, à M. Paul Lacroix (le bibliophile Jacob), avec qui Henri Martin avait lié une étroite amitié. Ils avaient les mêmes idées et les mêmes goûts. Quoique très jeune, Paul Lacroix s'était déjà fait une réputation, bien éloignée de celle qu'il a conquise plus tard par tant de beaux ouvrages. Ce n'était encore qu'une de ces réputations de librairie qui donnent de l'autorité dans les arrière-boutiques. Henri Martin était tout entier à ses espérances et à la correction des épreuves, quand son père, alarmé de l'état de Paris, le rappela près de lui avec de telles instances qu'il lui fut impossible de résister. Il se rendit à Saint-Quentin; et ce voyage, qui devait terminer la brouille, l'approfondit. La révolution de Juillet éclata, objet d'horreur pour le père, et pour le fils, d'une admiration sans bornes. Il fallut se séparer au bout de quelques semaines avec un double dissentiment, religieux et politique. Pour cette fois, Henri Martin ne pouvait plus compter que sur lui-même, et sur *Wolfthurm*.

Wolfthurm (c'est le roman) parut l'année même de la révolution, lesté d'assez nombreuses poésies, précieux souvenir du collège de Saint-Quentin. Les deux auteurs n'avaient pas livré leurs noms au public pour cette première aventure. Davin ne prit que son petit nom de Félix ; Henri se dissimula sous l'anagramme de Irner. Le voisinage de la révolution nuisit au succès, qui ne fut ni éclatant ni productif. Mais les deux jeunes auteurs n'avaient pas le temps de se laisser aller au découragement. Il y avait alors une foule de petits journaux. Paul Lacroix, qui n'avait pas encore trouvé sa voie, écrivait de tous les côtés. Grâce à lui, Henri Martin devint un journaliste universel. Il remplit de sa prose l'*Artiste*, le *Mercure du XIXe siècle*, le *Gastronome*, la *Silhouette*, le *Voleur*, le *Musée des Familles*. Ses deux grandes qualités étaient évidemment la fécondité et la variété. Il était prêt à toutes les besognes ; dans aucune il ne marquait sa place au premier rang. Il fut l'un des rédacteurs assidus d'un journal fondé par Émile de Girardin, dirigé par Paul Lacroix, qui parut pour la première fois le 15 octobre 1817, et disparut le 21 décembre de la même année. Cela s'appelait le *Garde national, moniteur constitutionnel des 44 000 communes de France*. Il publia des contes et des nouvelles dans l'*Album de la Mode*, dans le *Livre des Cent et un*, et dans les *Cent et une Nouvelles*. Il essaya même de suivre la route ouverte par Barthélemy et Méry, et publia, en décembre 1832, le *XIXe Siècle*, satire hebdomadaire en vers, qui n'eut que deux numéros. Il est assez étrange qu'il ait toujours eu une sorte de démangeaison de faire des vers. Enfin, il résolut d'aborder le théâtre. Son premier essai en ce genre, écrit avec la collaboration de Gilbert de Pixérécourt, est l'*Abbaye-au-Bois ou la Femme de chambre, histoire contemporaine*, tirée d'un roman de Paul Lacroix intitulé : *le Divorce*.

La pièce fut jouée au théâtre de la Gaîté le 14 février 1832.
Les auteurs croyaient leur fortune assurée. Henri Martin,
qui était amoureux, comptait, pour entrer en ménage, sur
les bénéfices. Ils s'élevèrent, pour les deux premières représentations, à 160 francs ; il n'y en eut pas une troisième.
Le mariage eut lieu cependant. Henri Martin, déjà astreint
comme journaliste à un travail accablant, se fit de nouveau
romancier. Il publia, en deux ans, la *Vieille Fronde*, scènes
historiques, et deux romans, *Minuit et Midi* et le *Librettiste*.

Sans être encore, il s'en faut bien, des ouvrages de premier ordre, ces trois livres ont une bien autre valeur que
Wolfthurm. Henri Martin n'a que vingt-deux ans. Il a toujours
eu de la facilité ; mais il a acquis, maintenant, de l'aisance et
de la souplesse, qualités qui lui faisaient défaut au commencement. Il a, en histoire, des connaissances assez étendues.
M. Hanotaux, qui a écrit sur Henri Martin une notice historique des plus remarquables, dit, en parlant de *Minuit et Midi*,
qui a été réédité, en 1855, dans la Bibliothèque des chemins
de fer sous le titre de *Tancrède de Rohan* : « Je ne pense pas
m'exagérer la valeur de ce livre en le plaçant, sinon près
du *Cinq-Mars* de Vigny, du moins à côté de quelques
romans d'Alexandre Dumas. Il est certainement, par le
véritable sens de l'histoire, supérieur à la *Chronique de
Charles IX* de Mérimée, et par l'ensemble des qualités, aux
romans de jeunesse de Balzac. » Voilà de bien grands noms,
et un bien grand éloge, auquel je ne puis m'associer. Si
Henri Martin était resté romancier, jamais il n'aurait mérité que son nom fût prononcé à côté de Mérimée ou d'Alfred de Vigny, encore moins d'Alexandre Dumas et de

Balzac. Il y a, dans *Tancrède de Rohan*, du mérite plutôt que du talent. C'est un ouvrage habilement fait; ce n'est pas encore une promesse. On trouve toute autre chose dans le fatras des premiers romans de Balzac, et même dans ceux d'Horace de Saint-Albin. Je ne vois rien à louer dans Henri Martin, jusqu'à cette année 1833, où nous voici parvenus, que sa volonté obstinée et son travail implacable.

En 1833 tout change. Cette année-là est marquée par les trois grands événements de sa vie. Il se marie; il se lie avec Jean Reynaud; il commence son *Histoire de France*. Je mets sa liaison avec Jean Reynaud sur le même rang que le plus grand événement domestique et le plus grand événement littéraire. C'est que Jean Reynaud n'a pas été seulement son ami; il a été son maître. Je ne dirai pas qu'il a changé ses idées; il les a développées, complétées, condensées. Ce qui n'était qu'aspirations vagues et doctrines entrevues, est devenu conviction ferme, précise. Henri Martin était préparé à être disciple de Jean Reynaud; mais il avait besoin de le rencontrer pour asseoir sa vie intellectuelle et morale.

Jean Reynaud a été saint-simonien, comme Hippolyte Carnot et Charton, ses amis. Il était même un des favoris d'Enfantin, qui connaissait la puissance de son esprit et ce que je puis appeler sa vertu de propagation. Il se sépara, comme Carnot et Charton, au moment où l'école devint une église. Je note en passant que Henri Martin n'a appartenu ni à l'église, ni même à l'école, quoi qu'on en ait dit. Il assistait, comme le public, à des conférences. Une de ses qualités, qualité essentielle à un historien, était la curiosité. Parmi tous ces hommes éloquents, savants, il discerna du premier

coup Jean Reynaud. Celui-là n'était pas bruyant, dédai-
gnant de l'être ; mais il avait cette éloquence virile qui naît
de l'élévation des pensées, et de la force des convictions.
Sa science était très étendue, très approfondie, et très
sûre. Il portait dans l'examen des questions sociales, et des
questions philosophiques et religieuses, une indépendance
absolue. Il connaissait toutes les solutions, les jugeait toutes, et n'acceptait que celle qui lui paraissait la plus solide,
sans se préoccuper de la solitude ou de l'encombrement.
Quoique très capable d'être révolutionnaire quand il le
fallait, il croyait en général à la solidarité humaine et au
progrès continu. Trois idées dominaient toutes ses idées :
Dieu, l'immortalité, le progrès. Selon lui, les âmes, après
la mort (il faudrait peut-être dire après chaque mort),
voyageaient à travers les astres, car le progrès ne régnait
pas seulement sur la société terrestre ; il se continuait par
delà, jusqu'à l'absorption définitive et délicieuse au sein
de Dieu, qui était le terme de nos métamorphoses. Ce
voyage des âmes à la conquête de l'infini n'était pas pour
lui une hypothèse. Il les suivait dans leur route ; il en avait
la claire vision. Cet homme positif, ce mathématicien,
élève éminent de l'École polytechnique, et ingénieur de
son métier, était un mystique. Rien, suivant lui, ne pouvait fortifier un homme et un peuple autant que cette
double croyance en Dieu et à l'immortalité, à l'immortalité
successive avec une fin panthéiste. Il retrouvait avec orgueil cette croyance à l'origine de notre nationalité. Le
christianisme, né en Orient, et qui de Jérusalem s'était
répandu sur l'Europe, devait sa puissance et ses conquêtes
morales au double dogme de l'unité de Dieu et de l'immor-

talité de l'âme ; mais ce dogme, qu'il avait donné aux Grecs et aux Romains, il ne l'avait pas importé dans les Gaules ; il l'y avait trouvé, complètement formé en corps de doctrine par les Druides, dont la race franke a reçu et gardé les traditions. Telles sont bien sommairement les idées que Jean Reynaud a développées longtemps après dans un livre d'une haute portée et d'un grand style, intitulé *Terre et Ciel,* qui éblouit les sceptiques et passionna les croyants. On trouvait déjà, à l'époque où Henri Martin devint son auditeur et très rapidement son ami, tous les éléments de cette philosophie dans les conférences **de** Jean Reynaud et dans ses articles de l'*Encyclopédie moderne*. Cet homme, accoutumé aux grands horizons, a fait ou essayé trois choses dans sa vie : premièrement, un résumé de la science universelle, sous le nom d'*Encyclopédie moderne,* vaste recueil un peu lourd, un peu indigeste, dont l'exécution ne répondit qu'imparfaitement à sa pensée, et dans la direction duquel il eut pour coopérateur un esprit infiniment moins ferme que le sien, mais plus remuant et plus subtil, l'ennemi à la fois, et le type de l'éclectisme, Pierre Leroux. Secondement, une synthèse philosophique, sous le nom de *Terre et Ciel,* où il prétendait réconcilier la raison et la foi, mais où il réduisait le Christ au rôle de précurseur : œuvre hardie, inspirée, chimérique, et qui a produit plus d'étonnement que d'ébranlements. Enfin, ce penseur a voulu mettre la main à l'œuvre ; il l'a pu, en 1848, grâce à Carnot, qui le prit avec lui comme une sorte de co-ministre, en lui laissant la liberté de façonner l'instruction à sa guise. Il rêvait un État composé de trois ordres, comme l'ancien régime, où les philosophes remplaceraient le clergé, où les grands industriels remplaceraient la noblesse, et une sorte de confédération européenne, où la guerre serait supprimée par l'arbitrage. Il n'eut que le temps de proposer l'instruction obligatoire et de fonder l'École d'administration.

Il ne faut juger Jean Reynaud ni par son livre, ni par ses nombreux et importants articles, ni par ses actes au ministère, ni par son rôle, un peu effacé, à la Constituante et au Conseil d'État. Il se trouva que cet homme, éloquent entre tous, n'était pas maître de la tribune. Il était fait pour promulguer, non pour disputer. Ce n'était pas un apôtre ; c'était un prophète. Il faut, pour l'apprécier à sa valeur, avoir entendu ses prédications ou joui de sa conversation. C'était un de ces hommes qui ont, par un don de nature, de l'ascendant. Dès qu'il intervenait dans un débat, on sentait le maître. Sa force était surtout dans la volonté, et elle était plus grande que son œuvre. Il est mort jeune ; le temps lui a fait défaut. Ses amis seuls l'ont connu ; le monde n'a fait que le soupçonner.

Les trois idées capitales de Jean Reynaud : unité de Dieu, immortalité de l'âme, influence des Druides sur la formation du génie national, devinrent les trois termes du Credo de Henri Martin. Il y conforma sa vie et ses écrits. C'est sous l'influence de cette doctrine qu'il composa son Histoire. J'ai dit qu'il commença à l'écrire en 1833. Sa vie, par conséquent, commence à cette date. Ses vers, ses romans, ses pièces de théâtre, ses articles de journaux, et même sa vie politique malgré son importance depuis 1870, ne sont rien. Son livre est tout. J'aurais pu ne vous parler que de lui.

Il y a pourtant deux ou trois points à retenir de ses premières années : l'invasion de 1815, le goût de l'histoire, la volonté obstinée, et, tout au dernier moment, la doctrine depuis longtemps aperçue, mais formulée, condensée, gravée par Jean Reynaud, en traits profonds et ineffaçables. J'y insiste un moment, avant de passer à sa carrière d'historien qu'ils annoncent et qu'ils préparent.

L'invasion ! Il n'avait que cinq ans. Il ne l'a peut-être pas comprise pendant qu'il la voyait, et de cela même je ne suis pas sûr. Mais tout le monde autour de lui la lui a rappelée, racontée ; il a vu par le souvenir ce qu'il n'avait pas vu par l'intuition immédiate. Les faits mal compris se sont éclaircis et coordonnés. Il aurait reconnu à vingt ans le son de ces trompettes qui n'avaient été pour ses oreilles d'enfant qu'un bruit effroyable. Un Cosaque de 1815, lui apparaissant tout à coup en 1830, il l'aurait reconnu. La route parcourue par les Alliés à travers la ville, il l'a suivie bien des fois avec ses camarades d'enfance et ses amis de jeunesse. Il a revu, à l'Hôtel de Ville, le bureau où se tenait le commandant ennemi ! Il sait les maisons où des actes de cruauté ont été commis. Il peut nommer par leurs noms ceux qui ont éprouvé les plus grands sévices. Il peut raconter *de visu* des scènes auxquelles il n'a pas assisté. Les sentiments que les pères et les frères aînés éprouvaient, il a découvert, après coup, qu'il les avait éprouvés lui-même sans en avoir eu conscience. Il en a connu toute l'amertume, éprouvé toute la violence. Il a rougi et frémi, après dix ans, après vingt ans, de cette humiliation. Ah ! ces souvenirs ne s'oublient pas. Malheur à ceux qui les créent !

Saint-Quentin est une ville patriotique et, quoique essentiellement industrielle, une ville militaire. Elle a, dans ses légendes, deux sièges héroïques, l'un ancien, dont Coligny est le héros, l'autre contemporain. La population y est, en général, libérale et frondeuse. Elle a de vieilles familles bourgeoises, qui ont à la fois le culte de la grande patrie et celui du clocher. Ce bel Hôtel de Ville, qu'on a un peu déshonoré par un clocher ridicule, rappelle aux habitants l'histoire de Saint-Quentin en même temps que l'histoire de France; elles leur sont chères l'une et l'autre. Ce sont des Picards, avisés, décidés, obstinés. Il y avait là, parmi les amis personnels de Henri Martin, des hommes à qui il n'a manqué, pour être placés aux premiers rangs dans la politique et dans les lettres, que de le vouloir. J'en citerai un, Théophile Dufour, parce qu'il était éminent et qu'on a publié un volume de ses lettres, où manquent celles qu'il m'a écrites, et qui étaient admirables. C'était le confident de toutes les pensées d'Edgar Quinet, le conseiller politique de Henri Martin, de Davin, de Souplet, de Malézieux, de tous mes amis. Davin, qui disparaît du monde littéraire après la publication de *Wolfthurm,* fonda le *Guetteur de Saint-Quentin,* un des journaux les mieux faits et les plus courageux de la province, devenu plus tard, sous la direction de Souplet, une véritable puissance. Le *Guetteur* a eu la collaboration assez fréquente du futur Napoléon III, alors prisonnier de Ham, et ami très intime de Souplet. Au temps de la première jeunesse, ce petit monde de Saint-Quentin était fort uni, par les idées libérales, et par les goûts littéraires. Théophile Dufour était le philosophe, Davin et Félix Dufour les hommes d'action, Henri Martin l'histo-

rien. Déjà, dès ses premières années, il se montrait lec-
teur infatigable. Transporté à Paris, et condamné, comme
nous l'avons vu, à un travail incessant, c'est en lisant qu'il
se reposait d'écrire. Le notaire chez qui on l'avait placé,
le renvoya pour son inexactitude et ses fréquentes ab-
sences. Où croyez-vous qu'il allait? au théâtre? au plaisir?
Non; aux bibliothèques. Le dossier restait là, sur une
chaise, côte à côte avec le parapluie, tandis que le clerc
se plongeait avec délices dans la lecture du Père Griffet.
Ce fut cet amour de la lecture et cette prédilection pour
l'histoire qui lui fournit des moyens de travail, et donna
quelque valeur à ses romans, qui ne brillaient ni par l'in-
vention, ni par le style. Jean Reynaud, qui distribuait les
rôles, lui avait dit : « Vous serez notre historien. »
Sauf la fameuse découverte des Druides, ils pensaient
moins alors à renouveler l'histoire qu'à la répandre. Ils
étaient la démocratie. Appelant le peuple à la souveraineté, ils voulaient l'appeler aussi à la lumière. L'*Encyclopédie moderne* était surtout une œuvre de vulgarisation. Charton, Carnot, Jean Reynaud, mais surtout
Charton, voulaient opérer la vulgarisation par l'image.
Toute la carrière de Charton, une carrière d'ailleurs si
noble et si bien remplie, est dans cette idée, qui a inspiré
le *Magasin pittoresque* et le *Tour du Monde*. Henri Martin
pensait qu'il fallait l'appliquer à l'histoire de France;
il rêvait de mettre notre histoire en tableaux et en
dessins, et d'en remplir les yeux pour en remplir les cœurs.

Ce fut dans cette année, mémorable pour lui, de 1833,
que Paul Lacroix, le Bibliophile Jacob, sa providence
ordinaire, qui lui avait donné accès dans tant de journaux

et de librairies, lui apporta la réalisation de sa pensée favo-
rite. Le libraire Mame, frappé de la transformation opérée
dans l'histoire de France par les travaux d'Augustin
Thierry, de Guizot, de Sismondi, et persuadé de l'utilité
et de l'opportunité d'une histoire populaire mise au courant des dernières découvertes, avait chargé Paul Lacroix
de découper, dans les principaux historiens, les récits les
plus émouvants et les plus instructifs, et d'en faire une
vaste compilation qui se vendrait à bon marché, et tiendrait
lieu de bibliothèque à ceux qui n'ont ni le moyen d'avoir
des livres, ni le temps de les lire. Le plan convenu entre
M. Mame et M. Lacroix comportait une cinquantaine de
volumes ; et comme il s'agissait du peuple, qui ne peut
pas attendre, il fallait publier ces volumes coup sur coup ;
M. Mame disait : par quinzaine.

Paul Lacroix sentit le besoin d'un collaborateur. Il connaissait l'activité de Henri Martin, sa facilité, son goût
déjà très vif pour l'histoire ; il lui proposa de s'atteler avec
lui à cette nouvelle besogne. Henri Martin s'y dévoua avec
enthousiasme. Tout y était : l'histoire, la France, le peuple,
tous ses amours. Il vit aussi du premier coup qu'il allait
remettre les Druides à leur place, et nous donner une
France véritablement autochtone.

Le premier volume parut presque aussitôt. En voici le
titre exact : *Histoire de France depuis les temps les plus
reculés jusqu'en juillet 1830, par les principaux historiens*
(Paris, Mame, 1833, un vol. in-16, avec illustrations).

Les auteurs, qui pourtant n'étaient pas de simples com-
pilateurs, n'avaient pas mis leurs noms. Henri Martin avait
déjà conçu un plan, qu'il exposait dans la préface. Il y in-

diquait ses vues particulières sur la formation de l'esprit national. Le livre proprement dit était surtout l'œuvre de Paul Lacroix. Livre et préface portaient la marque de l'ouvrier. Cependant la publication s'arrêta là. Ce qui attire le grand public, dans l'histoire de France, ce n'est pas le commencement, c'est la fin. L'illustration, sur laquelle on comptait tant, était des plus médiocres. Le texte, malgré certaines qualités sérieuses, manquait d'attrait. Les auteurs, ou disons plutôt puisqu'il s'agit ici de Henri Martin, l'auteur de la préface, en se mettant à la tâche, en avait senti la difficulté et la beauté. Il avait compris qu'il y fallait autre chose qu'un travail improvisé. La France! L'histoire de France! On ne pouvait pas effleurer un tel sujet. Peut-être se dit-il déjà qu'il avait trouvé sa voie, et le secret de toute sa vie. Il renonça au traité, malgré les 200 francs que Mame promettait pour chaque volume, et qui, pour lui, auraient été le Pactole; mais il s'attacha à l'œuvre avec toute la force de cette volonté patiente, persévérante, qui est sa marque caractéristique, et à laquelle il a dû tous ses succès. Il proposa un nouveau plan, que Mame accepta, et tout de suite il se mit à l'œuvre; car il ne lui coûtait rien de recommencer. Pour cette fois, il était seul.

Le plan dont il s'agit était le plan même de l'histoire définitive, de celle que nous avons tous entre les mains. Il l'a, depuis, perfectionné, sans le changer. Il est excellent, simple, lumineux. C'est à ce plan qu'est due l'unité et la clarté du récit. La vie de la France s'y développe, depuis le commencement jusqu'à la fin, avec autant de suite et de facilité que s'il s'agissait tout simplement de la vie d'un homme.

Ce qui est aujourd'hui la 'France était au commencement habité par des races d'origines diverses. Une monarchie s'est formée sur un territoire restreint, avec
des pouvoirs incertains et limités. Elle s'est accrue lentement par des accessions et des conquêtes; et lentement
aussi, mais continûment, elle a triomphé des résistances
intérieures, effacé les différences entre les anciennes
et les nouvelles provinces, jusqu'au jour, où entourée de
limites naturelles par des montagnes et des fleuves et ayant,
par la prépondérance du pouvoir royal, par l'unité de la
législation et l'uniformité de l'administration, transformé
en un être vivant, et fortement organisé, ce qui n'était
dans le principe qu'une juxtaposition et plus tard qu'une
confédération, elle a pris sa place au milieu des plus grands
peuples avec un génie qui lui est propre et dans lequel se
retrouvent harmonieusement fondues toutes les civilisa-
tions dont elle est le produit. Suivre cette formation à
travers les siècles, souffrir de tout ce qui la retarde, signaler avec orgueil tout ce qui l'accélère et la fortifie, juger
tous les événements à cette lumière, retrouver, dans les
idées modernes, la trace des aptitudes et des croyances
de nos pères, montrer la France en toutes rencontres désin-
téressée et généreuse, et ne séparant jamais sa cause de
celle des opprimés et de celle de Dieu, assister enfin à
cette grande conclusion pratique de la philosophie, à cette
explosion de la justice, qui, en 1789, résume toute l'histoire et tout le génie de la France, en appelant la France
et le monde tout entier à des destinées nouvelles : voilà
quelle fut désormais, et jusqu'à la fin, l'unique préoccu-
pation de Henri Martin dans la vie. Il a accepté des fonc-

tions, presque toutes électives et gratuites ; mais en leur
faisant, pour ainsi dire, cette condition, de ne pas le dé-
tourner de son affaire principale, de son affaire unique ;
il a, de loin en loin, publié un livre à côté ; mais ces livres
ne sont que les développements d'un événement ou d'une
doctrine, qui avaient leur place dans le livre. Avec une
ténacité qui est un titre de gloire, avec une passion pour
son travail et pour la France, objet de son travail, qu'on
ne saurait trop louer, il s'est confiné dans cette unique
tâche, la conduisant d'abord jusqu'au terme, sans l'inter-
rompre une minute ; puis, arrivé là, la recommençant
aussitôt, pour la rendre plus conforme à l'idéal qu'il
s'était tracé ; et la recommençant une troisième fois,
avec une compétence et une habileté nouvelles ; inter-
rompu seulement par la mort dans cette besogne bénie et
chérie.

La seconde édition, ou plutôt la première, car il ne faut pas
compter cette édition in-16, qui devait avoir 48 volumes,
qui n'en eut qu'un seul, et à la rédaction de laquelle concou-
rut M. Paul Lacroix, — la première édition parut en trois
ans, de 1833 à 1836, sous ce titre : *Histoire de France depuis les temps les plus reculés jusqu'en juillet 1830 par les principaux historiens et d'après les plans de MM. Guizot, Augustin Thierry et de Barante* (Paris, Mame, 15 volumes in-8°).
Ce n'était plus, comme dans le premier projet, un volume
tous les quinze jours ; mais c'était un volume tous les deux
mois. Il est clair que l'auteur ne prenait pas le temps de
faire des recherches ; il mettait dans un bon ordre des
études antérieurement faites d'après les historiens les plus
autorisés, et en improvisait le récit, qu'il ne se donnait

pas la peine de relire. Le style était clair et correct, avec
une certaine chaleur dans les occasions, sans éclat, ni ca-
chet particulier. Le récit n'était accompagné d'aucune ci-
tation, ni de pièces à l'appui. Il ne valait que par la bonne
disposition des matières. Il plut au public, qui trouvait là
beaucoup de faits et un grand souffle de patriotisme. On
n'avait pas d'autre histoire. Anquetil était d'une nullité
désespérante. Sismondi convenait surtout aux gens d'étude.
De Guizot et de Michelet, il n'en faut point parler. Il n'y
a nulle analogie, même lointaine. Guizot avait coutume de
dire à ses auditeurs, en commençant sa première leçon,
d'étudier l'*Histoire des Français* de Sismondi, s'ils voulaient être en état de suivre le cours qu'il allait faire. C'est
que ce cours était un cours de philosophie sur l'histoire
de France. Le livre merveilleux de Michelet est de la philosophie et de la poésie à propos de l'histoire. Michelet est
incomparable quand il lui plaît de raconter. Le plus souvent, c'est lui-même qu'il raconte. C'est un très grand
psychologue, un très grand poète, un très grand penseur.
Il est aussi, cela s'entend, un très grand historien. Il n'y a
de commun, entre ces trois hommes, que les titres de leurs
ouvrages. L'un fournissait au peuple un répertoire de faits
bien racontés et disposés dans un bon ordre ; l'autre,
s'adressant aux hommes d'État et aux philosophes, leur
enseignait le secret des événements, et le troisième avait
le don singulier et magnifique de ressusciter les morts.
Henri Martin annonçait sur son titre qu'il irait jusqu'à la
révolution de Juillet. En réalité, il s'arrêtait, dans les deux
premières éditions, à 1789. La première édition fut reçue
avec approbation par les savants, avec acclamation par le

peuple. Il n'était pas content de lui-même. Le succès ne le consolait pas de la précipitation. En écrivant les dernières pages du quinzième volume, il pensait avec joie qu'il allait pouvoir recommencer. C'est tout au plus si l'accueil favorable fait à cette édition le détermina à la reconnaître publiquement. Son nom ne parut que sur le titre du dixième volume.

Plusieurs auteurs écrivent deux fois leurs ouvrages : une première fois, tout d'une haleine, pour se rendre maîtres de l'ensemble ; une seconde fois, pour se discuter, se juger, et adopter, après étude et réflexion, un avis et une forme définitifs. Ils cachent avec soin la première ébauche, qui ne doit pas sortir de l'atelier, et ne montrent les résultats au grand public que quand ils les croient dignes de lui. La différence pour Henri Martin, c'est qu'il a publié son ébauche. Ceux qui l'ont jugé sur cette première façon ont été nécessairement injustes envers lui. Il n'est vraiment un maître qu'au moment où il commence sa seconde édition. Il sait désormais quelle est la tâche de l'historien ; il a arrêté sa méthode et réglé son style. Il ne s'impose plus un terme et une date ; il n'a qu'une résolution, c'est de travailler sans relâche, et de ne livrer le produit de son travail que quand sa conscience sera tranquille. Il avait mis trois ans à faire son ébauche ; il en a mis dix-sept à faire son œuvre. Cette nouvelle édition, ou, si l'on veut, cette nouvelle *Histoire de France* parut chez Furne, de 1837 à 1854, en dix-neuf volumes in-8°. Elle a été, depuis, remaniée et complétée ; car il ne s'en est jamais séparé, jamais désintéressé. On peut dire qu'avec cette seconde édition, nous avons

enfin Henri Martin. Il a payé sa dette à son pays. Il lui
a donné son histoire.

Le succès fut très grand [dans la presse, dans le monde
lettré, à l'Institut. On était reconnaissant du service rendu,
de ce long et courageux effort. On tenait compte à l'auteur du chemin parcouru, de l'incontestable talent qu'il
s'était donné à force de volonté. Les tomes X et XI,
qui contiennent l'histoire des guerres de religion, sujet
difficile entre tous, et qui demande autant d'impartialité que de perspicacité et de savoir, obtinrent de l'Académie des Inscriptions et Belles-Lettres, en 1844, le grand
prix Gobert. En 1851, l'Académie française décerna le
second prix Gobert aux tomes XIV, XV et XVI, où est
racontée l'histoire de Louis XIV. Cette récompense lui fut
conservée chaque année jusqu'en 1856. A cette date, Augustin Thierry, qui avait le premier prix, étant mort,
l'Académie donna ce premier prix à Henri Martin. Enfin
en 1869, l'Institut décerna à l'ouvrage entier le prix
biennal de vingt mille francs.

Henri Martin était homme de parti, ce qui lui conci-
liait des sympathies d'un autre genre, moins sérieuses,
mais plus nombreuses. Il n'était pas seulement estimé et
compté par les bons juges; il était populaire dans les
foules. Ce savant était républicain : grande affaire! Ses
opinions, qui augmentaient sa gloire d'un côté, lui atti-
raient de l'autre des critiques violentes. Il s'était engoué
des Druides, un peu sur la parole de Jean Reynaud, et les
recherches assez superficielles qu'il avait faites l'avaient
confirmé dans la croyance que nous sommes plus rede-
vables à nos ancêtres bretons qu'aux Romains et surtout

au christianisme. Il se trompait, il exagérait, il attribuait aux Druides des doctrines arrêtées et profondes qui n'existaient que dans son imagination. Il y avait pourtant, au fond, une idée vraie, qui lui appartient et lui fait honneur. C'est la persistance, au sein de nos populations rurales, de l'élément gaulois, que n'ont pu étouffer ni la conquête romaine, ni la conquête franke. Rome ne supprimait pas les races vaincues; elle ne se les assimilait pas; elle les utilisait en les dominant. C'était aussi sa méthode économique; chez nous, elle s'est attachée à développer les richesses du sol par la création des grandes voies d'Agrippa, et les villes césariennes et augustales, dont Augustodunum (Autun) est le type. La Gaule resta gauloise en devenant romaine. Il aurait fallu féliciter Henri Martin de l'avoir si bien compris et si fortement établi. On ne voulut penser qu'à ses idées chimériques sur la religion des Druides et l'on s'en servit pour jeter le discrédit sur les premiers volumes de l'*Histoire de France*.

Les catholiques surtout s'irritèrent de cette genèse des idées religieuses, qui contrariait la légende du baptême de Clovis; ils ne s'étaient pas avisés jusque-là de considérer les Druides comme des rivaux du christianisme en profondeur théologique et en influence civilisatrice. Quoique Henri Martin ne se laissât pas aller à des déclamations sur la Saint-Barthélemy, la révocation de l'Édit de Nantes et l'affaire de la bulle *Unigenitus*, et qu'il jugeât ces événements avec ce qu'on pourrait appeler une impartialité malveillante, on prévoyait que si jamais il poussait son Histoire jusqu'aux temps plus rapprochés de nous, il prendrait parti pour la constitution civile du clergé. A tous ces titres, c'était un

homme à combattre. M. Hanotaux remarque qu'au lieu
de discuter ses opinions qui sont celles de tout son parti,
on éplucha son Histoire pour y découvrir des erreurs.
On en trouva. Il est absolument impossible que des
erreurs ne se glissent pas dans une si prodigieuse quan-
tité de faits et de jugements. On en publia le catalogue,
qui ne forme pas moins d'un volume. Ce n'est guère
qu'une accumulation de vétilles; et quelquefois, c'est
l'historien qui a raison contre le critique. M. Henri
Martin, qui tenait, par-dessus tout, à faire une histoire complète, et qui a mis vingt ans à la faire (en comptant le travail des deux premières éditions), s'est interdit à lui-même
l'étude des documents manuscrits; il n'a consulté, parmi
les mémoires publiés, que les plus importants; en un mot,
il s'en est tenu à l'histoire, sans aller jusqu'à l'érudition,
si ce n'est peut-être dans l'étude du siècle de Louis XIV.
Il en résulte que, sur quelques points, il n'est pas d'accord
avec les plus récentes découvertes de la critique. C'est de
cela qu'on triomphe; mais on devrait plutôt regretter
d'être entré dans cette voie, puisqu'avec toutes ces peines
et toute cette envie de le prendre en faute, on n'a trouvé
à signaler que des péchés véniels. On n'est guère parvenu
par toutes ces polémiques qu'à constater l'exactitude et la
véracité de son Histoire. L'effort tenté pour diminuer son
autorité la confirme.

Henri Martin ne répondit pas aux critiques. Sa vie s'y
serait consumée sans utilité. Il fit mieux; il tint compte,
dans une nouvelle édition, de toutes les objections sérieuses.
Ainsi, il a fini par reconnaître qu'il s'était en quelque sorte
forgé une philosophie des Druides, très supérieure à la

réalité; il a commencé à les étudier sur nouveaux frais; il s'est mis au courant de la science; il a fait des recherches, il en a provoqué d'autres. Il est allé de sa personne partout où on lui a signalé l'existence de monuments mégalithiques; il a recueilli et discuté les traditions et les légendes; et de cet ensemble de travaux, il a tiré deux choses: d'abord un volume d'études celtiques, très curieux, très intéressant par l'ardeur qu'il y déploie, attachant même par une crédulité naïve; en second lieu, une transformation heureuse des premiers volumes de son histoire qui, dans la troisième édition, ont perdu en grande partie le caractère chimérique qu'on leur avait justement reproché dans les deux éditions précédentes. C'était par excellence un homme de bonne foi. Rien ne lui coûtait pour découvrir la vérité; et il ne lui en coûtait pas non plus d'avouer une erreur. Il mettait de l'ardeur dans ses discussions, un certain entêtement; mais quand enfin il découvrait qu'il s'était trompé, il s'empressait de le reconnaître. Il avait autant de candeur que d'ardeur. Il lui est arrivé fréquemment ce qui n'arrive guère aux érudits, de devenir l'ami de ses adversaires.

Dans la séance de l'Académie française où le grand prix Gobert fut décerné à M. Henri Martin, M. Villemain, secrétaire perpétuel, après avoir loué comme il savait le faire cette œuvre de grande force et de grand courage, lui adressa un reproche bien inattendu. « De bons juges ont vu avec regret, dans le livre de M. Henri Martin, une maxime qui les inquiète, et que, suivant eux, il faut ôter du monde pour qu'aucun pouvoir n'en abuse. L'auteur peint, à sa dernière heure, ce grand et terrible Richelieu, mourant avec une telle sécurité après tant de vengeances, qu'un pieux et libre témoin de ce spectacle ne peut s'empêcher de dire tout haut : Voilà une assurance qui m'épouvante. Et cependant, l'historien, dont cet homme a pris le rôle et la fonction morale, s'associant à l'orgueilleuse confiance du mourant, se contente de dire : Apparemment ces grands envoyés de la Providence sentent qu'ils seront jugés sur des principes que ne peuvent comprendre les âmes vulgaires. Non, Monsieur, pour la Providence non plus que pour la conscience humaine qui est son plus bel ouvrage, il n'y a pas deux ordres de vérité morale, deux justices inégales. Malheureusement, cette maxime de la liberté qui lutte, une révolution victorieuse souvent l'oublie. Mais vous, historiens, ne l'oubliez pas ! »

Ce reproche fut très pénible à Henri Martin. Dans sa passion pour l'unité de la France, il éprouvait une admiration presque sans bornes pour le ministre qui en a, mieux que personne, conçu la nécessité et compris les conditions, et qui a marché vers son but à travers des difficultés inouïes, même en commettant des cruautés et des injustices, quand il les jugeait nécessaires à son grand dessein. La phrase malheureuse que M. Villemain reproche à Henri Martin lui a été arrachée dans la chaleur du panégyrisme. Elle n'est qu'une impression fugitive ; ou peut-être, dans la rapidité de la composition, n'a-t-il pas rendu exactement sa pensée. Peut-être a-t-il voulu dire que ces grands envoyés de la Providence *se persuadent qu'ils seront jugés* au lieu de : *sentent qu'ils seront jugés*. Cette opinion que M. Villemain attribue à Henri Martin, quoique Henri Martin ne l'ait pas eue, M. Villemain aurait pu la trouver chez beaucoup de ses contemporains. On n'a pas oublié la phrase célèbre d'un philosophe déclarant « qu'il ne faut pas reprocher au génie le marchepied de sa grandeur » ; ni ces vers qui terminent l'ode de Lamartine sur Napoléon :

> Son crime et ses exploits pèsent dans la balance...
> Que des faibles mortels la main n'y touche plus !
> Qui peut sonder, Seigneur, ta clémence infinie?
> Et vous, fléaux de Dieu, qui sait si le génie
> N'est pas une de vos vertus?

Villemain a mille fois raison de protester; et Henri Martin proteste avec lui. Il proteste contre l'accusation dont il est ici l'objet par toute sa vie, par sa conduite politique, par toutes ses œuvres. Vingt fois il a revendiqué les droits de la justice contre l'abus de la force; c'était sa doctrine, sa foi, celle de Jean Reynaud; et le principe des nationalités, qui lui était si cher, et par lequel il voulait gouverner l'histoire, qu'était-ce autre chose, dans sa pensée, que la revendication éternelle du droit contre la force? Henri Martin a toujours réclamé pour la victime contre l'oppresseur : pour la Pologne contre la triple alliance, pour la Grèce contre la Turquie, pour la Belgique contre la Hollande, pour l'Italie contre l'Autriche. Je pense comme lui qu'un peuple peut se donner, mais qu'on ne peut ni le donner, ni le prendre; qu'en asservissant un seul peuple, on ôte la sécurité à tous les autres; qu'on ne lui enlève pas seulement le droit politique de choisir son gouvernement, mais qu'on le prive en même temps de tous les biens que l'ordre social a pour but de consacrer; qu'il possédera désormais par grâce ceux de ces biens qu'on

lui laisse; qu'on trouble en lui le sentiment de la morale,
puisqu'on l'oblige à louer ce qu'il condamnait, et à con-
damner ce qu'il avait loué jusqu'ici. Ces triomphes qu'on
célèbre en si grande pompe sont des victoires remportées
contre le droit. L'histoire, et la morale qui est la souve-
raine de l'histoire, ne peut ni ne doit les absoudre.

Quand Michelet, qui fait de l'histoire fougueuse et
tumultueuse, rencontre un événement qui l'attire, il l'étudie
et le développe jusqu'à ce que sa passion soit satisfaite,
avec un dédain superbe de la proportion et de l'ensemble.
De même, lorsqu'il trouve une idée importante sur son
chemin; l'historien tout à coup se transforme en philosophe.
C'est à lui de se livrer à ses inspirations, et à nous de le
suivre où il nous conduit. Henri Martin, qui n'a pas les
mêmes droits de souveraineté, et qui tient avant tout à
nous présenter les faits et les doctrines dans un alignement
régulier, fait aussi, comme Michelet, des monographies et
des dissertations; mais, à la différence du maître, il les
détache de son Histoire pour en faire des ouvrages sé-
parés. C'est ainsi qu'il écrit, en 1837, l'*Histoire de Sois-
sons*, 2 volumes, avec Paul Lacroix; en 1847, *De la France,
de son génie et de ses destinées*; en 1848, un *Manuel de l'Insti-
tuteur*, dédié à Bérenger; en 1848 encore, deux thèses pour
le doctorat, l'une intitulée · *De nationum diversitate servan-
dâ, salvâ unitate generis humani*, et l'autre : *De la monarchie
de Louis XIV*. Le gouvernement avait eu la singulière
pensée de déclarer vacante la chaire de Guizot, et d'y
appeler Henri Martin. La chaire n'était pas vacante, puisque l'illustre maître n'était ni mort, ni démissionnaire; si
elle l'eût été, le ministre n'avait pas autorité pour y pour-

voir, les chaires de l'enseignement supérieur étant con-
férées à l'élection ; et s'il y avait eu élection, Henri Martin, qui n'était pas docteur, n'avait pas qualité pour se
porter candidat. M. Carnot fit une faute en disposant de
la chaire ; Henri Martin en fit une autre en l'acceptant. Il
fut le premier à comprendre que le doctorat au moins lui
était nécessaire ; puis, l'idée lui vint qu'il était un intrus
dans une Faculté où l'on ne peut prendre place que par
élection ; et enfin, il reconnut que ce serait une charge
trop lourde pour ses épaules que de succéder à Guizot.
Il ne convenait pas à un historien de sa valeur, et à un
homme de son caractère, de s'emparer révolutionnaire-
ment d'une telle dépouille. Carnot, de son côté, arrivait en
même temps aux mêmes conclusions. Leur erreur et le
cours de Henri Martin n'avaient duré que trois mois.
Guizot prit sa retraite, l'élection eut lieu, et M. Henri
Wallon devint le successeur de M. Guizot, dont il avait été
le suppléant. Henri Martin, rendu à ses études, publia une
biographie de *Daniel Manin,* dans laquelle il demandait, non
pas comme on l'a prétendu, l'unité de l'Italie, mais, comme
l'avait toujours souhaité mon cher et illustre ami Daniel
Manin, la confédération des États dans une Italie indépen-
dante et libre. Il donna ensuite en 1863, *Pologne et Mos-
covie,* brochure ; en 1866, *la Russie et l'Europe.* L'Asie est
entrée autrefois en Europe par les Turcs ; elle tend à présent à nous envahir par les Russes. Contre les Turcs, l'Europe a eu les provinces Danubiennes et la Hongrie ; il lui
faut la Pologne contre les Russes ; et derrière la Pologne,
l'Allemagne unifiée. Il ne va pas toutefois jusqu'à demander le rétablissement de l'empire allemand ; car, dit-il,

l'empire allemand, qu'est-ce? L'hégémonie autrichienne
ou prussienne; au fond, l'asservissement. La confédération serait la liberté. Il publia, en 1871, *les Napoléons et
les frontières de la France,* cri de colère contre la dynastie
qui, par deux fois, a amené le morcellement. L'année sui-
vante, 1872, il fit paraître ses *Mélanges d'archéologie cel-
tique,* écrits de 1860 à 1870. Il s'était jeté dans les voyages
après la mort d'un de ses fils, peintre distingué, enlevé à
sa tendresse à l'âge de trente ans. Il parcourut la Bre-
tagne, la Grande-Bretagne, l'Irlande, les Pays scandinaves,
l'Italie, le Portugal, la Grèce, l'Algérie. C'était un voya-
geur excellent. Il se donnait l'ordre de partir : il partait.
Point de bagages. A chaque étape, il visitait les hommes
importants, les hommes spéciaux, et, avec eux, les monuments grands ou petits, authentiques ou problématiques.
Il savait marcher, il savait écouter, il savait voir (1). Il se
faisait des amis partout; non pas de ces amis littéraires qui
ne sont que pour l'agrément ou la décoration, mais des amis
chauds et dévoués qu'il aimait de son côté comme des
frères. Il s'associait à leurs enthousiasmes, et même, s'il
faut tout dire, à leurs illusions.

Il méditait un voyage en Égypte et en Asie Mineure, quand
il fut surpris par la mort. Son voyage en Grèce fut pour
lui un enchantement. Il n'abandonna pas ses anciens Dieux
pour ceux de la Grèce. Il écrivait d'Athènes à un ami :
« Ne craignez pas que j'oublie nos Druides pour Zeus
Olympien ou pour Pallas Athéné. Je suis un Celte incor-
rigible, et voudrais seulement rapporter le soleil des Hel-

----

(1) M. Hanotaux. *Henri Martin.*

lènes, comme nos ancêtres rapportaient les vignes du
Latium. »

Je ne ferai que mentionner *Vercingétorix*, un drame en
vers qu'on a essayé de mettre à la scène et qui n'a pu s'y
maintenir. Henri Martin était devenu, à force de volonté,
un historien ; il n'était ni poète, ni auteur dramatique.
Vercingétorix était une de ses passions, comme Jeanne
d'Arc. Heureusement pour nous, il n'a pas mis Jeanne
d'Arc en vers. Il n'en a pas fait une tragédie après Schiller.
Il s'est contenté d'en faire l'histoire, et cette histoire est
un chef-d'œuvre.

Parmi ces livres à côté, celui auquel il tenait le plus,
est le volume publié en 1847 sous ce titre : *De la France,
de son génie et de ses destinées*. On peut le considérer comme
la conclusion de son *Histoire de France*. Il aurait pu supprimer dans son dix-neuvième volume le chapitre qu'il
intitule *Conclusion*, et le remplacer par cette publication
de 1847, qui est à la fois plus ample et plus claire, sans
arriver toutefois à une clarté complète. Ce livre, dédié à
Jean Reynaud, et tout imprégné de ses doctrines, se sé-
pare de lui sur un point capital. Jean Reynaud était resté
saint-simonien à certains égards et le saint-simonisme,
enivré de philosophie, usait et abusait de l'universel :
c'était, si je puis le dire, une école œcuménique. Ses aspirations étaient donc plus humanitaires que françaises. Au
début de la Restauration, la Sainte-Alliance avait soufflé
sur le monde un courant de cosmopolitisme ; mais c'était
un cosmopolitisme chrétien ; les saint-simoniens pour-
suivaient le même but quinze ans après, en remplaçant le
mysticisme chrétien par un mysticisme purement phi-

losophique. Cette idée d'une association universelle de
tous les peuples allant presque jusqu'à l'unification était
restée chère à Jean Reynaud, et il repoussait de toutes
ses forces ce qu'il appelait « les restrictions mesquines
d'un patriotisme étroit ». C'est un honneur pour Henri
Martin de n'avoir jamais porté à un tel excès l'amour de
l'universel, et le dédain pour les différences. Contre son
ami, qu'il appelle volontiers son maître, il défend avec
force l'idée de patrie. Il regarde l'unité énorme à laquelle
aspire Jean Reynaud comme ne pouvant aboutir qu'à
l'anarchie ou à la papauté; et en effet, Jean Reynaud, très
religieux quoique très opposé aux religions positives,
semble disposé à placer à la tête de la Confédération universelle un philosophe religieux, ou un pape laïque. Restons ce que nous sommes, dit Henri Martin. Restons Français ou Allemands. Restons autonomes. Il accepte des
alliances, il accepte l'arbitrage; mais il repousse l'unification.

Jusque-là rien de plus juste et de plus nécessaire. Restons Français, il a raison. Acceptons, comme il le dit, les
groupements par affinité et par consentement mutuel;
condamnons les groupements par la conquête. A merveille.
Il ne commence lui-même à se tromper que quand il
entreprend d'intervenir entre les peuples, sous prétexte
de revendication, pour rectifier les conséquences des
délimitations anciennes. Sa doctrine des nationalités n'est
pas conservatrice, elle est essentiellement guerroyante. S'il
ne s'agissait que de maintenir les nationalités dans leurs
conditions actuelles, et de les garantir contre la conquête
à main armée, contre la force brutale, le débat serait bien

vite fini. On s'entendrait même sur le droit de porter
par la force la civilisation chez les barbares, pourvu qu'on
ne profite pas de la qualité de civilisés pour faire œuvre
de barbares en réduisant les vaincus à la servitude. Mais
quand on parle de refaire la géographie politique sur un
plan nouveau pour réparer d'anciennes injustices, de
transporter des provinces d'un État à un autre et de créer
des unités en s'appuyant sur la communauté du langage
ou sur de prétendues affinités de races, alors les principes
perdent leur netteté, les applications deviennent arbi-
traires, les jugements changent avec les intérêts, l'intérêt
du peuple qu'il s'agit de déclasser n'est pas toujours
facile à saisir, et quand cet intérêt est manifeste, il peut
être en contradiction avec l'intérêt général, et supprimer
par exemple la liberté de l'Europe pour affirmer celle
d'une province. Il en est des annexions comme des révo-
lutions. Elles peuvent être nécessaires. Quand elles ne
sont pas imposées par une nécessité absolue, elles ne
manquent jamais d'être fatales. Il faut appliquer au monde
politique le système métaphysique d'Aristote, où Dieu
n'intervient pas comme moteur, mais comme désirable.

Je ne dis pas que les théories philosophiques de Henri
Martin soient aussi claires que son histoire; ni qu'il soit
arrivé à une définition exacte du principe des nationalités;
ni que l'unité soit la conséquence nécessaire de l'indépendance; ni qu'il ait été utile pour l'unité de la France de
faire l'unité de l'Italie; ni que l'unité de l'Allemagne ne soit
pas menaçante pour l'indépendance de l'Europe. Quand il
veut réparer de vieilles injustices, sur lesquelles les siècles
ont passé, il s'expose à des injustices nouvelles, et à des

guerres sans nécessité, et par conséquent sans excuse. Quand il se trouve, dans l'histoire contemporaine, en face d'une injustice commençante, il la discerne avec netteté et la combat sans défaillance. Il est discutable en ce qu'il innove, et respectable en ce qu'il conserve. Il combat l'oppression sous toutes ses formes. On pourrait prendre pour synthèse de sa vie et de ses doctrines cette maxime, qui est la synthèse de la morale : *Le droit prime la force.*

C'est seulement après la troisième édition de son *Histoire de France* que Henri Martin, ayant recommencé son travail, l'ayant refait, amélioré, rectifié, se trouva libre enfin d'aller en avant, et de compléter l'histoire de la France par l'histoire de la Révolution française. Il revint à la première idée, qu'il avait eue à vingt-trois ans ; il entreprit d'écrire une histoire pour le peuple, et de la faire illustrer pour la répandre davantage et pour graver plus sûrement dans les esprits le souvenir des grands événements. Il a mené cette entreprise jusqu'au bout, parlant, dans les dernières pages, de ses compagnons de chaque jour, écrivant le soir l'histoire qu'il avait faite avec eux le matin ; homme de parti, parce qu'il le fut toujours profondément, sincèrement, honnêtement ; mais arrivé, à force de pratiquer les hommes dans l'histoire et dans la vie, à les juger avec impartialité, avec sérénité. Personne ne voyait les choses de plus près, puisqu'il était mêlé à tout. Son impartialité n'allait pas jusqu'à la neutralité, et je l'en félicite. On reconnaissait à chaque ligne son opinion ; mais il donnait les raisons de l'adversaire, et traitait les personnes avec justice et générosité. C'est la seule impartialité permise aux contemporains, la seule possible. En histoire comme en éducation, la neutralité et la nullité ne font qu'un.

Nous sommes, Henri Martin et moi, presque les contemporains des commencements de la révolution. Nous ne les avons pas vus; mais nous avons vu ceux qui y avaient pris part. Nous avons connu des constituants et des conventionnels. Nous avons reçu des confidences dans nos familles. Henri Martin surtout, qui remonte à 1810, et qui était déjà un historien à l'âge où la plupart des hommes achèvent leurs études, a passé sa vie à écrire l'histoire du passé, et à préparer l'histoire du temps présent, par la lecture assidue des documents, par l'étude attentive du théâtre où ils ont eu lieu, et toutes les fois qu'il le pouvait, par la fréquentation des acteurs. Avec sa curiosité toujours éveillée et son activité infatigable, il allait toujours où il fallait aller pour savoir, et il se reposait d'une enquête par une autre.

Je parlais de la fidélité de Henri Martin à son parti. Elle était absolue. Je ne l'en loue pas. M. Hanotaux remarque qu'il se séparait de son parti, en ce que les libéraux voulaient désarmer, tandis que, fidèle au principe des nationalités, il voulait que la France fût toujours prête à combattre, parce qu'il voyait en elle le soldat du droit. On pourrait citer de même, comme preuve d'indépendance, son admiration, très légitime d'ailleurs, pour Richelieu et pour Louis XIV. Un esprit comme le sien ne parvient jamais à s'immoler. La vérité est qu'il suivait son parti, dans l'histoire, presque toujours, et dans la pratique toujours. Non, encore une fois, je ne l'en loue pas. C'est une fidélité à contre-sens, car il n'y a rien d'infidèle et de tournant comme les partis. Ils sont fidèles aux mots, non aux choses. Je le prouve : pourquoi est-on républicain? Pour être libre. Si la république devient oppressive, et qu'on reste fidèle à la république, je dis qu'on est fidèle à un mot, et que c'est, en réalité, être infidèle. Cela me mènerait loin, si je restais dans le temps présent; mais je me place à l'origine de la révolution; et sur-le-champ, pour ce mot même de révolution, je demande à ceux qui se disent révolutionnaires : Pour quelle révolution êtes-vous? Car il y a la révolution de la justice, qui est celle de 1789; et la révolution de la haine, qui arrive à son apogée en 1793. Tous les historiens, je parle des historiens dignes de ce nom, de M. Henri Martin par exemple, sont pour la révolution de 1789, contre celle de 1793, après avoir marqué nettement la différence d'origine et de caractère entre l'une et l'autre. Mais s'ils condamnent 1793, ils ne le condamnent pas assez. Ils lui trouvent des atténuations; ils lui cherchent des excuses. Ils voient en 93 la continuation, l'exagération de 89. Tant s'en faut. 93 est la négation de 89. C'est une révolution contre la révolution. J'ai beau compulser toutes les histoires. J'en vois qui approuvent tout, et d'autres qui condamnent tout. Il n'y en a pas qui comprenne suffisamment que l'histoire de la révolution est l'histoire d'une guerre civile. Je ne dis pas d'une guerre civile entre la révolution et la Vendée; non, mais d'une guerre civile entre la révolution qui régénère et la révolution qui assomme.

On nous enseignait l'histoire de la Révolution dans ma jeunesse. On ne nous en enseignait pas d'autre. On nous enseignait celle-là pour la maudire. La Constituante était plus coupable que la Convention et le Comité de Salut public, parce qu'elle avait donné le branle à tous ces mouvements. Il fallait garder le Parc-aux-Cerfs, le Livre Rouge et la Bastille, en comptant sur de bons princes, tels, par exemple, que Louis XVI, et comprendre que tout l'édifice allait s'écrouler si l'on touchait à une seule pierre. Les plus modérés reconnaissaient l'utilité et même la nécessité d'une réforme. Mais, disaient-ils, il fallait la faire par en haut, par l'autorité existante, qui se serait restreinte et réglementée elle-même. Dans ces conditions, on n'aurait pas dépassé le but et remplacé les excès du pouvoir absolu par les horreurs de la démagogie. La main de Turgot aurait suffi... Quand les maux sont passés, on n'est jamais embarrassé pour en trouver le remède, parce qu'on a toutes les hypothèses à son service. Pour attribuer à Turgot cette toute-puissance, on supprime d'un trait de plume les courtisans d'un côté et le peuple de l'autre : les courtisans qui ne voulaient rien livrer, et le peuple qui voulait tout broyer. On ne fait pas l'histoire avec des rêves.

Les maîtres de ma jeunesse nous disaient aussi que, sous la Révolution, l'honneur s'était réfugié dans les camps. C'était un de ces lieux communs, qu'on allait répétant à cette époque de banalités sonores. Il y avait de l'honneur partout : dans la Vendée, dans la Convention, et jusque dans le Comité de Salut public, puisque Carnot y était. La vérité est que notre armée était animée par un grand sentiment de patriotisme, plus puissant que les haines de partis, et sans lequel nous n'aurions jamais résisté à l'Europe. Partout ailleurs, on pouvait se demander où était le devoir : aux frontières il était clair, précis,

indiscutable. Les émigrés seuls ne le comprenaient pas.
Notez bien que je ne leur reproche pas d'être partis; je
leur reproche d'être revenus. Partir n'était qu'une erreur;
revenir en armes, et comme auxiliaires de l'ennemi, était
plus qu'une faute. En guerre étrangère, il faut être pour
la patrie; en guerre civile, pour la liberté. Patrie! liberté!
Il n'y a que cela de grand après Dieu.

Henri Martin avait été élevé, comme tous ceux de sa
génération, dans des idées rétrogrades. Mais elles n'avaient
jamais eu de prise sur lui. Dès qu'il tint une plume, il
défendit les idées de progrès et de liberté. Il fut surtout
patriote. Rien ne saurait être plus fortifiant que la doctrine et les exemples de Henri Martin. La patrie remplit
son livre comme elle a rempli sa vie. Quelles que soient les
tristesses du dedans, il faut défendre, il faut sauver la
patrie; c'est le premier et le plus saint des devoirs. Il n'y
a pas d'intérêt plus cher, parce qu'à celui qui a perdu la
patrie, il ne reste rien; le droit des citoyens, tous leurs
droits périssent avec la patrie. Les dissensions civiles,
toujours lamentables, sont deux fois criminelles en pré-
sence de l'ennemi. Internationalisme! cosmopolitisme!
mots barbares, doctrine de néant. Le cœur n'aime plus, à
force d'aimer trop haut et trop loin. La vraie doctrine,
celle qui remplit et agrandit le cœur sans dépasser ses
forces, est celle qui nous attache aux champs pater-
nels, à la race des aïeux, à leur langue, à leurs traditions,
à leurs lois, à leur foi. Ce n'est pas seulement une doctrine; c'est tout ensemble une doctrine et un fait. Ce n'est
pas la patrie abstraite, l'idée de la patrie; c'est la France.
Chaque page du livre la fait mieux comprendre et aimer da-

vantage. L'historien sait qu'il doit rendre la patrie aimable ;
il le ferait par devoir, mais c'est par une impulsion naturelle
qu'il le fait, sans le vouloir et sans y penser. Oui, c'est là
la France, laborieuse, économe, aimant le plaisir, aimant
encore plus l'honneur, patriote, mais généreuse, soldat du
droit et de l'idée, prompte aux entraînements, mais solide
dans la lutte, fidèle malgré ses variations de surface,
aimante malgré ses accès de colère, aimable jusque dans
ses caprices, et plus capable qu'aucun peuple du monde
de rebondir après une défaite et de reprendre, au moment
où on la croit perdue, le gouvernement de la pensée, de
la politique et de la mode. Il appartenait à celui qui a
passé un demi-siècle à étudier la patrie, qui l'a suivie dans
ses douleurs et dans ses triomphes, et n'a pas eu d'autre
vie que la sienne, de crier à ses concitoyens que la patrie
passe avant tout, et qu'il faut vivre et mourir pour elle...
Si un Français pouvait jamais oublier cette chère maxime,
1871 la lui aurait apprise. Les hommes de la génération
de Henri Martin sont doublement malheureux : ils ont
vu 1815 et 1870, Waterloo et Sedan. Ils portent au cœur
deux blessures.

Je ne vous ai montré Henri Martin que dans ses livres ;
je ne veux pas le quitter sans vous dire un mot de sa vie
de patriote. Il a été jusqu'à soixante ans en dehors du
monde officiel. Tout jeune, il faisait, d'instinct pour ainsi
dire, opposition à la Restauration ; au lendemain de la révolution de Juillet, il entra, pour n'en plus sortir, dans le
parti républicain ; il fut un des plus irrités et des plus
révoltés sous le second Empire. Il était de ceux qu'on
appelait alors les proscrits de l'intérieur. Je me trompe ;

pendant que le monde officiel le repoussait, il avait été
accueilli et récompensé par ce grand corps de l'Institut,
qui ne connaît que le talent. Après avoir épuisé sur lui
toutes ses récompenses, l'Institut n'attendait plus qu'une
occasion pour l'appeler dans son sein. On attaque les Aca-
démies quand on ne peut pas y entrer, ou avant d'y entrer.
Il faut au moins reconnaître qu'elles ont le mérite d'être
une patrie pour ceux que la patrie oublie; de leur donner
des appuis, des protecteurs, des livres, le moyen de fouil-
ler dans les archives, de connaître de près et d'interroger
les maîtres. Henri Martin entra dans notre Académie le
29 juillet 1871 en remplacement de M. Pierre Clément; il
eut l'honneur de succéder à M. Thiers à l'Académie française le 13 juin 1878. Il avait été élu représentant du peuple
en 1871. Ici, permettez-moi, Messieurs, un souvenir per-
sonnel. Nous étions à Bordeaux, où j'appris le premier,
par la place que j'occupais, le résultat de la conférence de
Thiers avec M. de Bismarck. Nous n'avions pas le temps
de penser aux cinq milliards, qui se trouvèrent bien dé-
passés. Ni le temps, ni le cœur. Qu'était-ce que l'argent
dans ce désastre! Le coup, le vrai coup, qui nous sem-
blait à tous un coup mortel, était la perte des deux provinces. Il fallait mettre au bas de ce traité la signature des
représentants du peuple, en qui seuls reposait la souveraineté de la France. On discuta, on vota. Pendant qu'on
votait, je fus obligé, pour écrire une dépêche, de passer
derrière la toile qui séparait le bureau des coulisses du
théâtre. J'aperçus un petit groupe de représentants qui
entouraient Henri Martin, assis sur une chaise, tout pâle,
couvert d'une sueur froide, comme un homme qui va s'é-

vanouir. « Qu'y-a-t-il? m'écriai-je. Qu'est-il arrivé? — C'est le vote, me dit-on; c'est la France. Ce vote-là est impossible pour lui. C'est sa vie qu'on lui arrache. » J'étais nerveux dans ce moment; nous l'étions tous; nous ressemblions à des condamnés arrivés sur le lieu de l'exécution. Je venais d'avoir une étrange scène. Un député m'avait arrêté au passage. « Je ne voterai pas, me dit-il. — C'est de la démence, répondis-je. La France a le couteau sur la gorge. — Oh! je donnerais ma signature si elle était nécessaire; mais la majorité sera immense. Je ne voterai pas. Je n'aurai pas cette tache sur ma mémoire. — Monsieur, lui dis-je alors ou plutôt je le lui criai : Monsieur, vous êtes un lâche! » Il vota cependant. J'étais encore frémissant de cette scène quand je m'approchai de Henri Martin. Il y avait loin de l'égoïste qui voulait se ménager, au patriote qu ne voulait pas céder. Pourtant il m'apparaissait que le sacrifice de ses répugnances et de ses douleurs était imposé à chacun de nous; que nous le devions à la grande blessée, et que nous nous le devions les uns aux autres. « Êtes-vous ici le seul patriote? dis-je à Henri Martin. Est-ce que nous ne sommes pas tous sur la croix? Est-ce que ce n'est pas l'historien de la Révolution qui a signé le premier? » Mais je pensais au fond de mon cœur que si quelqu'un avait le droit de s'abstenir, c'était celui-ci et celui-là! Il n'a jamais su quelle tendresse et quelle pitié j'avais pour lui pendant que je le maltraitais. Il me dit plus tard : « C'est vous, avec vos rudes paroles, qui m'avez fait le plus de bien. »

Il fut maire de Paris. Il fut tout ce qu'il voulut être, ou plutôt tout ce qu'on voulut qu'il fût. Il acceptait et il remplissait avec un courage exemplaire toutes les tâches qu'on lui imposait. On ne songea même pas à lui offrir d'être ministre. On comprenait qu'il n'accepterait que de se sacrifier. Il ne manquait pas une séance du Sénat. Il était assidu dans les innombrables commissions dont il faisait partie. Avec cela son *Histoire de France* marchait toujours. Elle était toute sa vie; le reste, qui était accablant, ne venait là que comme accessoire.

Il a été emporté par une courte maladie. Il est mort, le nom de Dieu sur les lèvres. C'était un grand patriote, un grand citoyen. Il a le droit d'être appelé l'historien national. Nous avons eu ici parmi nous d'aussi grands écrivains, jamais de plus grand cœur.

Paris. — Typ. Firmin-Didot et Cⁱᵉ, impr. de l'Institut, rue Jacob, 56. — 23243.

9 782329 661681